Tacet Books

7 Melhores Contos Natal

Editado por
August Nemo

EDITOR August Nemo
CAPA E PROJETO GRÁFICO Mayra Falcini
MARKETING Horacio Corral

Dados Internacionais de Catalogação na Publicação (CIP)

Nemo, August (org)
N436 7 Melhores Contos - Natal
/ August Nemo (org) – São Paulo, SP: Tacet Books, 2022.
68 p. : 14 x 21 cm

ISBN 978-65-89575-40-5

1. Literatura brasileira.

CDD 869

Tacet Books
Feito em silêncio
Para mentes barulhentas

www.tacetbooks.com
tacet.books@gmail.com

Sumário

O Peru de Natal

Mário de Andrade

O nosso primeiro Natal de família, depois da morte de meu pai acontecida cinco meses antes, foi de conseqüências decisivas para a felicidade familiar. Nós sempre fôramos familiarmente felizes, nesse sentido muito abstrato da felicidade: gente honesta, sem crimes, lar sem brigas internas nem graves dificuldades econômicas. Mas, devido principalmente à natureza cinzenta de meu pai, ser desprovido de qualquer lirismo, de uma exemplaridade incapaz, acolchoado no medíocre, sempre nos faltara aquele aproveitamento da vida, aquele gosto pelas felicidades materiais, um vinho bom, uma estação de águas, aquisição de geladeira, coisas assim. Meu pai fora de um bom errado, quase dramático, o puro-sangue dos desmancha-prazeres.

Morreu meu pai, sentimos muito, etc. Quando chegamos nas proximidades do Natal, eu já estava que não podia mais pra afastar aquela memória obstruente do morto, que parecia ter sistematizado pra sempre a obrigação de uma lembrança dolorosa em cada almoço, em cada gesto mínimo da família. Uma vez que eu sugerira à mamãe a idéia dela ir ver uma fita no cinema, o que resultou foram lágrimas. Onde se viu ir ao cinema, de luto pesado! A dor já estava sendo cultivada pelas aparências, e eu, que sempre gostara apenas regularmente de meu pai, mais por instinto de filho que por espontaneidade de amor, me via a ponto de aborrecer o bom do morto.

Foi decerto por isto que me nasceu, esta sim, espontaneamente, a idéia de fazer uma das minhas chamadas "loucuras". Essa fora aliás, e desde muito cedo, a minha esplêndida conquista contra o ambiente familiar. Desde cedinho, desde os tempos de ginásio, em que arranjava regularmente uma reprovação todos os anos; desde o beijo às escondidas, numa prima, aos dez anos, descoberto por Tia Velha, uma detestável de tia; e principalmente desde as lições que dei ou recebi, não sei, de uma criada de parentes: eu consegui no reformatório do lar e na vasta parentagem, a fama conciliatória de "louco". "É doido, coitado!" falavam. Meus pais falavam com certa tristeza condescendente, o resto da parentagem buscando exemplo para os filhos e provavelmente com aquele prazer dos que se convencem de alguma superioridade. Não tinham doidos entre os filhos. Pois foi o que me salvou, essa fama. Fiz tudo o que a vida me apresentou e o meu ser exigia para se realizar com integridade. E me deixaram fazer tudo, porque eu era doido, coitado. Resultou disso uma existência sem complexos, de que não posso me queixar um nada.

Era costume sempre, na família, a ceia de Natal. Ceia reles, já se imagina: ceia tipo meu pai, castanhas, figos, passas, depois da Missa do Galo. Empanturrados de amêndoas e nozes (quanto discutimos os três manos por causa dos quebra-nozes...), empanturrados de castanhas e monotonias, a gente se abraçava e ia pra cama. Foi lembrando isso que arrebentei com uma das minhas "loucuras":

– Bom, no Natal, quero comer peru.

Houve um desses espantos que ninguém não imagina. Logo minha tia solteirona e santa, que morava conosco, advertiu que não podíamos convidar ninguém por causa do luto.

– Mas quem falou de convidar ninguém! essa mania... Quando é que a gente já comeu peru em nossa vida! Peru aqui em casa é prato de festa, vem toda essa parentada do diabo...

– Meu filho, não fale assim...

– Pois falo, pronto!

E descarreguei minha gelada indiferença pela nossa parentagem infinita, diz-que vinda de bandeirantes, que bem me importa! Era mesmo o momento pra desenvolver minha teoria de doido, coitado, não perdi a ocasião. Me deu de sopetão uma ternura imensa por mamãe e titia, minhas duas mães, três com minha irmã, as três mães que sempre me divinizaram a vida. Era sempre aquilo: vinha aniversário de alguém e só então faziam peru naquela casa. Peru era prato de festa: uma imundície de parentes já preparados pela tradição, invadiam a casa por causa do peru, das empadinhas e dos doces. Minhas três mães, três dias antes já não sabiam da vida senão trabalhar, trabalhar no preparo de doces e frios finíssimos de bem feitos, a parentagem devorava tudo e ainda levava embrulhinhos pros que não tinham podido vir. As minhas três mães mal podiam de exaustas. Do peru, só no enterro dos ossos, no dia seguinte, é que mamãe com titia ainda provavam num naco de perna, vago, escuro, perdido no arroz alvo. E isso mesmo era mamãe quem servia, catava tudo pro velho e pros filhos. Na verdade ninguém sabia de fato o que era peru em nossa casa, peru resto de festa.

Não, não se convidava ninguém, era um peru pra nós, cinco pessoas. E havia de ser com duas farofas, a gorda com os miúdos, e a seca, douradinha, com bastante manteiga. Queria o papo recheado só com a farofa gorda, em que havíamos de ajuntar ameixa preta, nozes e um cálice de xerez, como aprendera na casa da Rose, muito minha companheira. Está claro que omiti onde aprendera a receita, mas todos desconfiaram. E ficaram logo naquele ar de incenso assoprado, se não seria tentação do Dianho aproveitar receita tão gostosa. E cerveja bem gelada, eu garantia quase gritando. É certo que com meus "gostos", já bastante afinados fora do lar, pensei primeiro num vinho bom, completamente francês. Mas a ternura por mamãe venceu o doido, mamãe adorava cerveja.

Quando acabei meus projetos, notei bem, todos estavam felicíssimos, num desejo danado de fazer aquela loucura em que eu estourara. Bem que sabiam, era loucura sim, mas todos se faziam imaginar que eu sozinho é que estava desejando muito aquilo e havia jeito fácil de empurrarem pra cima de mim a... culpa de seus desejos enormes. Sorriam se entreolhando, tímidos como pombas desgarradas, até que minha irmã resolveu o consentimento geral:

– É louco mesmo!...

Comprou-se o peru, fez-se o peru, etc. E depois de uma Missa do Galo bem mal rezada, se deu o nosso mais maravilhoso Natal. Fora engraçado: assim que me lembrara de que finalmente ia fazer mamãe comer peru, não fizera outra coisa aqueles dias que pensar nela, sentir ternura por ela, amar minha velhinha adorada. E meus manos também, estavam no mesmo ritmo violento de amor, todos dominados pela felicidade nova que o peru vinha imprimindo na família. De modo que, ainda disfarçando as coisas, deixei muito sossegado que mamãe cortasse todo o peito do peru. Um momento aliás, ela parou, feito fatias um dos lados do peito da ave, não resistindo àquelas leis de economia que sempre a tinham entorpecido numa quase pobreza sem razão.

– Não senhora, corte inteiro! Só eu como tudo isso!

Era mentira. O amor familiar estava por tal forma incandescente em mim, que até era capaz de comer pouco, só-pra que os outros quatro comessem demais. E o diapasão dos outros era o mesmo. Aquele peru comido a sós, redescobria em cada um o que a quotidianidade abafara por completo, amor, paixão de mãe, paixão de filhos. Deus me perdoe mas estou pensando em Jesus... Naquela casa de burgueses bem modestos, estava se realizando um milagre digno do Natal de um Deus. O peito do peru ficou inteiramente reduzido a fatias amplas.

– Eu que sirvo!

"É louco, mesmo" pois por que havia de servir, se sempre mamãe servira naquela casa! Entre risos, os grandes pratos cheios foram passados pra mim e principiei uma distribuição heróica, enquanto mandava meu mano servir a cerveja. Tomei conta logo de um pedaço admirável da "casca", cheio de gordura e pus no prato. E depois vastas fatias brancas. A voz severizada de mamãe cortou o espaço angustiado com que todos aspiravam pela sua parte no peru:

– Se lembre de seus manos, Juca!

Quando que ela havia de imaginar, a pobre! que aquele era o prato dela, da Mãe, da minha amiga maltratada, que sabia da Rose, que sabia meus crimes, a que eu só lembrava de comunicar o que fazia sofrer! O prato ficou sublime.

– Mamãe, este é o da senhora! Não! não passe não!

Foi quando ela não pode mais com tanta comoção e principiou chorando. Minha tia também, logo percebendo que o novo prato sublime seria o dela, entrou no refrão das lágrimas. E minha irmã, que jamais viu lágrima sem abrir a torneirinha também, se esparramou no choro. Então principiei dizendo muitos desaforos pra não chorar também, tinha dezenove anos... Diabo de família besta que via peru e chorava! coisas assim. Todos se esforçavam por sorrir, mas agora é que a alegria se tornara impossível. É que o pranto evocara por associação a imagem indesejável de meu pai morto. Meu pai, com sua figura cinzenta, vinha pra sempre estragar nosso Natal, fiquei danado.

Bom, principiou-se a comer em silêncio, lutuosos, e o peru estava perfeito. A carne mansa, de um tecido muito tênue boiava fagueira entre os sabores das farofas e do presunto, de vez em quando ferida, inquietada e redesejada, pela intervenção mais violenta da ameixa preta e o estorvo petulante dos pedacinhos de noz. Mas papai sentado ali, gigantesco, incompleto, uma censura, uma chaga, uma incapacidade. E o peru, estava tão gostoso, mamãe por fim sabendo que peru era manjar mesmo digno do Jesusinho nascido.

Principiou uma luta baixa entre o peru e o vulto de papai. Imaginei que gabar o peru era fortalecê-lo na luta, e, está claro, eu tomara decididamente o partido do peru. Mas os defuntos têm meios visguentos, muito hipócritas de vencer: nem bem gabei o peru que a imagem de papai cresceu vitoriosa, insuportavelmente obstruidora.

– Só falta seu pai...

Eu nem comia, nem podia mais gostar daquele peru perfeito, tanto que me interessava aquela luta entre os dois mortos. Cheguei a odiar papai. E nem sei que inspiração genial, de repente me tornou hipócrita e político. Naquele instante que hoje me parece decisivo da nossa família, tomei aparentemente o partido de meu pai. Fingi, triste:

– É mesmo... Mas papai, que queria tanto bem a gente, que morreu de tanto trabalhar pra nós, papai lá no céu há de estar contente... (hesitei, mas resolvi não mencionar mais o peru) contente de ver nós todos reunidos em família.

E todos principiaram muito calmos, falando de papai. A imagem dele foi diminuindo, diminuindo e virou uma estrelinha brilhante do céu. Agora todos comiam o peru com sensualidade, porque papai fora muito bom, sempre se sacrificara tanto por nós, fora um santo que "vocês, meus filhos, nunca poderão pagar o que devem a seu pai", um santo. Papai virara santo, uma contemplação agradável, uma inestorvável estrelinha do céu. Não prejudicava mais ninguém, puro objeto de contemplação suave. O único morto ali era o peru, dominador, completamente vitorioso.

Minha mãe, minha tia, nós, todos alagados de felicidade. Ia escrever "felicidade gustativa", mas não era só isso não. Era uma felicidade maiúscula, um amor de todos, um esquecimento de outros parentescos distraidores do grande amor familiar. E foi, sei que foi aquele primeiro peru comido no recesso da família, o início de um amor novo, reacomodado, mais completo, mais rico e inventivo, mais complacente e cuidadoso de si. Nasceu de então uma felicidade familiar pra nós que, não sou exclusivista, alguns a terão assim grande, porém mais intensa que a nossa me é impossível conceber.

Mamãe comeu tanto peru que um momento imaginei, aquilo podia lhe fazer mal. Mas logo pensei: ah, que faça! mesmo que ela morra, mas pelo menos que uma vez na vida coma peru de verdade!

A tamanha falta de egoísmo me transportara o nosso infinito amor... Depois vieram umas uvas leves e uns doces, que lá na minha terra levam o nome de "bem-casados". Mas nem mesmo este nome perigoso se associou à lembrança de meu pai, que o peru já convertera em dignidade, em coisa certa, em culto puro de contemplação.

Levantamos. Eram quase duas horas, todos alegres, bambeados por duas garrafas de cerveja. Todos iam deitar, dormir ou mexer na cama, pouco importa, porque é bom uma insônia feliz. O diabo é que a Rose, católica antes de ser Rose, prometera me esperar com uma champanha. Pra poder sair, menti, falei que ia a uma festa de amigo, beijei mamãe e pisquei pra ela, modo de contar onde é que ia e fazê-la sofrer seu bocado. As outras duas mulheres beijei sem piscar. E agora, Rose!...

Missa do Galo

Machado de Assis

Nunca pude entender a conversação que tive com uma senhora, há muitos anos, contava eu dezessete, ela trinta. Era noite de Natal. Havendo ajustado com um vizinho irmos à missa do galo, preferi não dormir; combinei que eu iria acordá-lo à meia-noite.

A casa em que eu estava hospedado era a do escrivão Meneses, que fora casado, em primeiras núpcias, com uma de minhas primas. A segunda mulher, Conceição, e a mãe desta acolheram-me bem, quando vim de Mangaratiba para o Rio de Janeiro, meses antes, a estudar preparatórios. Vivia tranqüilo, naquela casa assobradada da rua do Senado, com os meus livros, poucas relações, alguns passeios. A família era pequena, o escrivão, a mulher, a sogra e duas escravas. Costumes velhos. Às dez horas da noite toda a gente estava nos quartos; às dez e meia a casa dormia. Nunca tinha ido ao teatro, e mais de uma vez, ouvindo dizer ao Meneses que ia ao teatro, pedi-lhe que me levasse consigo. Nessas ocasiões, a sogra fazia uma careta, e as escravas riam à socapa; ele não respondia, vestia-se, saía e só tornava na manhã seguinte. Mais tarde é que eu soube que o teatro era um eufemismo em ação. Meneses trazia amores com uma senhora, separada do marido, e dormia fora de casa uma vez por semana. Conceição padecera, a princípio, com a existência da comborça; mas, afinal, resignara-se, acostumara-se, e acabou achando que era muito direito.

Boa Conceição! Chamavam-lhe "a santa", e fazia jus ao título, tão facilmente suportava os esquecimentos do marido. Em verdade, era um temperamento moderado, sem extremos, nem grandes lágrimas, nem grandes risos. No capítulo de que trato, dava para maometana; aceitaria um harém, com as aparências salvas. Deus me perdoe, se a julgo mal. Tudo nela era atenuado e passivo. O próprio rosto era mediano, nem bonito nem feio. Era o que chamamos uma pessoa simpática. Não dizia mal de ninguém, perdoava tudo. Não sabia odiar; pode ser até que não soubesse amar.

Naquela noite de Natal foi o escrivão ao teatro. Era pelos anos de 1861 ou 1862. Eu já devia estar em Mangaratiba, em férias; mas fiquei até o Natal para ver "a missa do galo na Corte". A família recolheu-se à hora do costume; eu meti-me na sala da frente, vestido e pronto. Dali passaria ao corredor da entrada e sairia sem acordar ninguém. Tinha três chaves a porta; uma estava com o escrivão, eu levaria outra, a terceira ficava em casa.

– Mas, Sr. Nogueira, que fará você todo esse tempo? perguntou-me a mãe de Conceição.

– Leio, D. Inácia.

Tinha comigo um romance, os *Três Mosqueteiros*, velha tradução creio do *Jornal do Comércio*. Sentei-me à mesa que havia no centro da sala, e à luz de um candeeiro de querosene, enquanto a casa dormia, trepei ainda uma vez ao cavalo magro de D'Artagnan e fui-me às aventuras. Dentro em pouco estava completamente ébrio de Dumas. Os minutos voavam, ao contrário do que costumam fazer, quando são de espera; ouvi bater onze horas, mas quase sem dar por elas, um acaso. Entretanto, um pequeno rumor que ouvi dentro veio acordar-me da leitura. Eram uns passos no corredor que ia da sala de visitas à de jantar; levantei a cabeça; logo depois vi assomar à porta da sala o vulto de Conceição.

– Ainda não foi? Perguntou ela.

– Não fui; parece que ainda não é meia-noite.

– Que paciência!

Conceição entrou na sala, arrastando as chinelinhas da alcova. Vestia um roupão branco, mal apanhado na cintura. Sendo magra, tinha um ar de visão romântica, não disparatada com o meu livro de aventuras. Fechei o livro; ela foi sentar-se na cadeira que ficava defronte de mim, perto do canapé. Como eu lhe perguntasse se a havia acordado, sem querer, fazendo barulho, respondeu com presteza:

– Não! qual! Acordei por acordar.

Fitei-a um pouco e duvidei da afirmativa. Os olhos não eram de pessoa que acabasse de dormir; pareciam não ter ainda pegado no sono. Essa observação, porém, que valeria alguma coisa em outro espírito, depressa a botei fora, sem advertir que talvez não dormisse justamente por minha causa, e mentisse para me não afligir ou aborrecer. Já disse que ela era boa, muito boa.

– Mas a hora já há de estar próxima, disse eu.

– Que paciência a sua de esperar acordado, enquanto o vizinho dorme! E esperar sozinho! Não tem medo de almas do outro mundo? Eu cuidei que se assustasse quando me viu.

– Quando ouvi os passos estranhei; mas a senhora apareceu logo.

– Que é que estava lendo? Não diga, já sei, é o romance dos *Mosqueteiros*.

– Justamente: é muito bonito.

– Gosta de romances?

– Gosto.

– Já leu a *Moreninha*?

– Do Dr. Macedo? Tenho lá em Mangaratiba.

– Eu gosto muito de romances, mas leio pouco, por falta de tempo. Que romances é que você tem lido?

Comecei a dizer-lhe os nomes de alguns. Conceição ouvia-me com a cabeça reclinada no espaldar, enfiando os olhos por entre as pálpebras meio-cerradas, sem os tirar de mim. De vez em quando passava a língua pelos beiços, para umedecê-los. Quando acabei de falar, não me disse nada; ficamos assim alguns segundos. Em seguida, vi-a endireitar a cabeça, cruzar os dedos e sobre eles pousar o queixo, tendo os cotovelos nos braços da cadeira, tudo sem desviar de mim os grandes olhos espertos.

– Talvez esteja aborrecida, pensei eu.

E logo alto:

– D. Conceição, creio que vão sendo horas, e eu...

– Não, não, ainda é cedo. Vi agora mesmo o relógio; são onze e meia. Tem tempo. Você, perdendo a noite, é capaz de não dormir de dia?

– Já tenho feito isso.

– Eu, não; perdendo uma noite, no outro dia estou que não posso, e, meia hora que seja, hei de passar pelo sono. Mas também estou ficando velha.

– Que velha o quê, D. Conceição?

Tal foi o calor da minha palavra que a fez sorrir. De costume tinha os gestos demorados e as atitudes tranqüilas; agora, porém, ergueu-se rapidamente, passou para o outro lado da sala e deu alguns passos, entre a janela da rua e a porta do gabinete do marido. Assim, com o desalinho honesto que trazia, dava-me uma impressão singular. Magra embora, tinha não sei que balanço no andar, como quem lhe custa levar o corpo; essa feição nunca me pareceu tão distinta como naquela noite. Parava algumas vezes, examinando um trecho de cortina ou consertando a posição de algum objeto no aparador; afinal deteve-se, ante mim, com a mesa de permeio. Estreito era o círculo das suas idéias; tornou ao espanto de me ver esperar acordado; eu repeti-lhe o que ela sabia, isto é, que nunca ouvira missa do galo na Corte, e não queria perdê-la.

– É a mesma missa da roça; todas as missas se parecem.

– Acredito; mas aqui há de haver mais luxo e mais gente também. Olhe, a semana santa na Corte é mais bonita que na roça. São João não digo, nem Santo Antônio...

Pouco a pouco, tinha-se inclinado; fincara os cotovelos no mármore da mesa e metera o rosto entre as mãos espalmadas. Não estando abotoadas, as mangas, caíram naturalmente, e eu vi-lhe metade dos braços, muitos claros, e menos magros do que se poderiam supor. A vista não era nova para mim, posto também não fosse comum; naquele momento, porém, a impressão que tive foi grande. As veias eram tão azuis, que apesar da pouca claridade, podia contá-las do meu lugar. A presença de Conceição espertara-me ainda mais que o livro. Continuei a dizer o que pensava das festas da roça e da cidade, e de outras coisas que me iam vindo à boca. Falava emendando os assuntos, sem saber por quê, variando deles ou tornando aos primeiros, e rindo para fazê-la sorrir e ver-lhe os dentes que luziam de brancos, todos iguaizinhos. Os olhos dela não eram bem negros, mas escuros; o nariz, seco e longo, um tantinho curvo, dava-lhe ao rosto um ar interrogativo. Quando eu alteava um pouco a voz, ela reprimia-me:

– Mais baixo! Mamãe pode acordar.

E não saía daquela posição, que me enchia de gosto, tão perto ficavam as nossas caras. Realmente, não era preciso falar alto para ser ouvido; cochichávamos os dois, eu mais que ela, porque falava mais; ela, às vezes, ficava séria, muito séria, com a testa um pouco franzida. Afinal, cansou; trocou de atitude e de lugar. Deu volta à mesa e veio sentar-se do meu lado, no canapé. Voltei-me, e pude ver, a furto, o bico das chinelas; mas foi só o tempo que ela gastou em sentar-se, o roupão era comprido e cobriu-as logo. Recordo-me que eram pretas. Conceição disse baixinho:

– Mamãe está longe, mas tem o sono muito leve; se acordasse agora, coitada, tão cedo não pegava no sono.

– Eu também sou assim.

— O quê? Perguntou ela inclinando o corpo para ouvir melhor.

Fui sentar-me na cadeira que ficava ao lado do canapé e repeti a palavra. Riu-se da coincidência; também ela tinha o sono leve; éramos três sonos leves.

— Há ocasiões em que sou como mamãe: acordando, custa-me dormir outra vez, rolo na cama, à toa, levanto-me, acendo vela, passeio, torno a deitar-me, e nada.

— Foi o que lhe aconteceu hoje.

— Não, não, atalhou ela.

Não entendi a negativa; ela pode ser que também não a entendesse. Pegou das pontas do cinto e bateu com elas sobre os joelhos, isto é, o joelho direito, porque acabava de cruzar as pernas. Depois referiu uma história de sonhos, e afirmou-me que só tivera um pesadelo, em criança. Quis saber se eu os tinha. A conversa reatou-se assim lentamente, longamente, sem que eu desse pela hora nem pela missa. Quando eu acabava uma narração ou uma explicação, ela inventava outra pergunta ou outra matéria, e eu pegava novamente na palavra. De quando em quando, reprimia-me:

— Mais baixo, mais baixo...

Havia também umas pausas. Duas outras vezes, pareceu-me que a via dormir; mas os olhos, cerrados por um instante, abriam-se logo sem sono nem fadiga, como se ela os houvesse fechado para ver melhor. Uma dessas vezes creio que deu por mim embebido na sua pessoa, e lembra-me que os tornou a fechar, não sei se apressada ou vagarosamente. Há impressões dessa noite, que me aparecem truncadas ou confusas. Contradigo-me, atrapalho-me. Uma das que ainda tenho frescas é que, em certa ocasião, ela, que era apenas simpática, ficou linda, ficou lindíssima. Estava de pé, os braços cruzados; eu, em respeito a ela, quis levantar-me;

não consentiu, pôs uma das mãos no meu ombro, e obrigou-me a estar sentado. Cuidei que ia dizer alguma coisa; mas estremeceu, como se tivesse um arrepio de frio, voltou as costas e foi sentar-se na cadeira, onde me achara lendo. Dali relanceou a vista pelo espelho, que ficava por cima do canapé, falou de duas gravuras que pendiam da parede.

– Estes quadros estão ficando velhos. Já pedi a Chiquinho para comprar outros.

Chiquinho era o marido. Os quadros falavam do principal negócio deste homem. Um representava "Cleópatra"; não me recordo o assunto do outro, mas eram mulheres. Vulgares ambos; naquele tempo não me pareciam feios.

– São bonitos, disse eu.

– Bonitos são; mas estão manchados. E depois francamente, eu preferia duas imagens, duas santas. Estas são mais próprias para sala de rapaz ou de barbeiro.

– De barbeiro? A senhora nunca foi a casa de barbeiro.

– Mas imagino que os fregueses, enquanto esperam, falam de moças e namoros, e naturalmente o dono da casa alegra a vista deles com figuras bonitas. Em casa de família é que não acho próprio. É o que eu penso; mas eu penso muita coisa assim esquisita. Seja o que for, não gosto dos quadros. Eu tenho uma Nossa Senhora da Conceição, minha madrinha, muito bonita; mas é de escultura, não se pode pôr na parede, nem eu quero. Está no meu oratório.

A idéia do oratório trouxe-me a da missa, lembrou-me que podia ser tarde e quis dizê-lo. Penso que cheguei a abrir a boca, mas logo a fechei para ouvir o que ela contava, com doçura, com graça, com tal moleza que trazia preguiça à minha alma e fazia esquecer a missa e a igreja. Falava das suas devoções de menina e moça. Em seguida referia umas anedotas de baile, uns casos de passeio, reminiscências de Paquetá, tudo de mistura, quase sem interrupção. Quando cansou do passado, falou do presente, dos negócios da casa, das canseiras de família, que lhe diziam ser muitas, antes de casar, mas não eram nada. Não me contou, mas eu sabia que casara aos vinte e sete anos.

Já agora não trocava de lugar, como a princípio, e quase não saíra da mesma atitude. Não tinha os grandes olhos compridos, e entrou a olhar à toa para as paredes.

– Precisamos mudar o papel da sala, disse daí a pouco, como se falasse consigo.

Concordei, para dizer alguma coisa, para sair da espécie de sono magnético, ou o que quer que era que me tolhia a língua e os sentidos. Queria e não queria acabar a conversação; fazia esforço para arredar os olhos dela, e arredava-os por um sentimento de respeito; mas a idéia de parecer que era aborrecimento, quando não era, levava-me os olhos outra vez para Conceição. A conversa ia morrendo. Na rua, o silêncio era completo.

Chegamos a ficar por algum tempo, - não posso dizer quanto, - inteiramente calados. O rumor único e escasso, era um roer de camundongo no gabinete, que me acordou daquela espécie de sonolência; quis falar dele, mas não achei modo. Conceição parecia estar devaneando. Subitamente, ouvi uma pancada na janela, do lado de fora, e uma voz que bradava: "Missa do galo! missa do galo!"

– Aí está o companheiro, disse ela levantando-se. Tem graça; você é que ficou de ir acordá-lo, ele é que vem acordar você. Vá, que hão de ser horas; adeus.

– Já serão horas? perguntei.

– Naturalmente.

– Missa do galo! repetiram de fora, batendo.

– Vá, vá, não se faça esperar. A culpa foi minha. Adeus; até amanhã.

E com o mesmo balanço do corpo, Conceição enfiou pelo corredor dentro, pisando mansinho. Saí à rua e achei o vizinho que esperava. Guiamos dali para a igreja. Durante a missa, a figura de Conceição interpôs-se mais de uma vez, entre mim e o padre; fique isto à conta dos meus dezessete anos. Na manhã seguinte, ao almoço, falei da missa do galo e da gente que estava na igreja sem excitar a curiosidade de Conceição. Durante o dia, achei-a como sempre, natural, benigna, sem nada que fizesse lembrar a conversação da véspera. Pelo Ano-Bom fui para Mangaratiba. Quando tornei ao Rio de Janeiro, em março, o escrivão tinha morrido de apoplexia. Conceição morava no Engenho Novo, mas nem a visitei nem a encontrei. Ouvi mais tarde que casara com o escrevente juramentado do marido.

O Suave Milagre

Eça de Queirós

A tarde caía. O mendigo apanhou o seu bordão, desceu pelo duro trilho, entre a urze e a rocha. A mãe retomou o se canto, mais vergada, mais abandonada.

E então o filhinho, num murmúrio mais débil que o roçar de uma asa, pediu à mãe que lhe trouxesse esse Rabi, que amava as criancinhas ainda as mais pobres, sarava os males ainda os mais antigos.

A mãe apertou a cabeça esgadelhada:

"Oh filho! E como queres que te deixe, e me meta aos caminhos, à procura do Rabi da Galiléia? Obed é rico, e tem servos, e debalde buscaram Jesus, por areais e colinas, desde Chorazim até ao país de Moab. Sétimo é forte, e tem soldados, e debalde correram por Jesus, desde o Hebrom até o mar! Como queres que te deixe?

Jesus anda por muito longe e a nossa dor mora conosco, dentro destas paredes, e dentro delas nos prende. E mesmo que O encontrasse, como convenceria eu o Rabi tão desejado, por quem ricos e fortes suspiram, a que descesse através das cidades até este ermo, para sarar um entrevadinho tão pobre, sobre enxerga tão rota?"

A criança, com duas longas lágrimas na face magrinha, murmurou:

"Oh mãe! Jesus ama todos os pequeninos. E eu ainda tão pequeno, e com um mal tão pesado, e que tanto queria sarar!"

E a mãe, entre soluços:

"Oh meu filho, como te posso deixar? Longas são as estradas da Galiléia, e curta a piedade dos homens. Tão rota, tão trôpega, tão triste, até os cães me ladrariam da porta dos casais. Ninguém atenderia o meu recado, e me apontaria a morada do doce Rabi. Oh filho! Talvez Jesus morresse... Nem mesmo os ricos e os fortes O encontram.

O Céu O trouxe, o Céu O levou. E com Ele para sempre morreu a esperança dos tristes."

De entre os negros trapos, erguendo as suas pobres mãozinhas que tremiam, a criança murmurou:

"Mãe, eu queria ver Jesus..."

E logo, abrindo devagar a porta e sorrindo, Jesus disse à criança:

"Aqui estou."

O Natal Minhoto

Ramalho Ortigão

É dia de Natal. A cidade amanheceu alegre no céu fresco e azul. Os carrilhões das igrejas repicam festivamente. As salsicharias, os restaurantes, as pastelarias, ostentam em exposição os seus produtos mais apetitosos: os grandes porcos, de couro nitidamente barbeado, suspensos do teto com a cabeça para baixo; as salsichas e os chouriços de sangue pendentes em bambolim; as cabeças de vitela, de uma palidez linfática, rodeadas de agriões; os perus gordos como ventres de cônegos, com o papo recheado pela respetiva cabidela; as *galantines* marmoreadas; as louras perdizes postas em pirâmide; as costeletas; as geleias de reflexos cor de topázio; as verduras de salsa picada; os grossos molhos opulentos dos espargos; os bolos do Natal: os fartes, os sonhos, os morgados, as filhós, as queijadas, os *christmas kacks*, os *puddings*, os bombons glacês.

E a profusão destas exposições dá às ruas o aspecto culinário da abundância, da plenitude.

Os ramalhetes de violetas, com o seu colarinho feito de duas malvas, estendem-se de todos os lados para as casas dos paletós, e perfumam o ambiente com uma frescura orvalhada. Os cabazes das camélias cintilam como grandes esmaltes. As lojas de bijuterias armaram o grande pinheiro do Natal, cujas hastes desabrocham em cartuchos de amêndoas, em cartonagens douradas, em animais de quase todas as espécies recolhidas na Arca, em *cabriolets* de lata, em cavalos de cartão, em palhaços vermelhos que tocam pratos, e em lindas bonecas vestidas de cetim com os seus *pufs*, os seus *chignons* e os seus regalos.

Lisboa inteira passeia na vasta alegria do sol. Os homens trazem os seus embrulhos, as mulheres levam os seus filhos pela mão.

As meninas, vestidas de novo, em grande *toilette*, frescas como lilases, com os seus narizinhos rosados pelo nordeste, dirigem-se ao baile infantil, organizado no salão de um teatro por uma associação de senhoras, em favor de um estabelecimento de beneficência.

O piano, em alegres esfuziadas, chama à quadrilha as jovens damas de quatro anos e os pequenos cavalheiros seus pares. A árvore de Natal braceja as dádivas encantadoras sobre o grande baile em miniatura...

Ide, queridos amiguinhos, ide divertir-vos! Aquele que vos fala já foi em tempo – há bom tempo! – aquilo que vós hoje sois, e teve também a sua festa inteiramente desanuviada, absolutamente feliz como a vossa. A única diferença é que, nessa remota idade e no obscuro canto da província em que ele nasceu, a árvore do Natal era ainda uma instituição desconhecida. Era uma terra bárbara aquela em que este pai-avô veio à luz e que tantas vezes ele percorreu, já periclitante na imperial de trêmulas e arrastadas diligências, já a cavalo debaixo de um amplo capote de cabeções, já a pé, só, com um bordão!

Ele conhecia-a nesse tempo como o seu próprio quarto, a essa terra; tinha de cor o número das covas no macadame das estradas, os buracos dos velhos muros por onde rompiam os musgos e as madressilvas, os brancos campanários das igrejas situadas no fundo dos vales, entre as nogueiras e os carvalhos, ao cabo dos longos tapetes formados pela superfície variegada dos campos de trevo. Sabia em que casais se bebia o melhor leite nas manhãs de Verão, e em que rios se pescavam à linha os salmões mais saborosos e as mais volumosas trutas. Constava-lhe cada manhã em que outeiros cobertos de urze, de cardos, de ásperas moitas de tojo e de espessos fetos tinha ficado de véspera a revoada das perdizes. Conhecia os diferentes vinhos selvagens, que se vendiam na sombria frescura interior das tabernas recolhidas nos cotovelos das brancas estradas cobertas de sol, nos recostas das empinadas ladeiras tortuosas, e nas desembocaduras das longas pontes de madeira de pinho. Sabia os nomes dos abades. E ainda agora, depois de uma ausência de bastantes anos, pensando nisso e fechando os olhos, torna em espírito a ver as viçosas várzeas, as frescas matas das terras fundas, sonoras dos murmúrios da água corrente na rega ou caindo nas levadas e nas azenhas; a forte vegetação dos milhos e dos castanheiros; e, acompanhados de um pequeno pastor imundo, a cavalo numa velha égua lãzuda, alguns poucos bois magros de trabalho e de fadiga atravessando lentamente o ribeiro, mugindo com saudosa melancolia, ou abeberando-se inclinados e humildes na frescura da corrente. Depois, nos terrenos altos, os pinhais, as encruzilhadas das estradas com os seus cruzeiros de granito, as caixas das esmolas para as almas, o tosco nicho na forma de um armário de cozinha, talhado em arco, tendo em frente a sua lanterna enfumada, encanastrada num a rede de ferro e chumbada ao alto do nicho por um gancho; e, disseminados pelos caminhos recurvos e acidentados, os pequenos eirados seguros em esteios de pedra com os parapeitos pintados de vermelhão; os alpendres dos ferradores, onde os pardais debicam nos beirais do telhado; as choças cobertas de colmo, eternamente envoltas em fumo, ao pé das eiras em que se erguem as medas como altas cabanas pontiagudas.

O objeto do culto, da admiração, do entusiasmo, do enlevo dos pequenos do meu tempo era o velho presépio, tão ingênuo, tão profundamente infantil, tão cheio de coisas risonhas, pitorescas, festivas, inesperadas.

Era uma grande montanha de musgo, salpicada de fontes, de cascatas, de pequenos lagos, serpenteada de estradas em ziguezagues e de ribeiros atravessados de pontes rústicas.

Embaixo, num pequeno tabernáculo, cercado de luzes, estava o divino bambino, louro, papudinho, rosado como um morango, sorrindo nas palhas do seu rústico berço, ao bafo quente da benigna natureza representada pela vaca trabalhadora e pacífica e pela mulinha de olhar suave e terno. A Santa Família contemplava em êxtase de amor o delicioso recém-nascido, enquanto os pastores, de joelhos, lhe ofereciam os seus presentes, as frutas, os frangões, o mel, os queijos frescos.

A grande estrela de papel dourado, suspensa do teto por um retrós invisível, guiava os três magos, que vinham a cavalo descendo a encosta com as suas púrpuras nos ombros e as suas coroas na cabeça. Melchior trazia o ouro, Baltasar a mirra, e Gaspar vinha muito bem com o seu incenso dentro de um grande perfumador de família, dos de queimar pelas casas a alfazema com açúcar ou as cascas secas das maçãs camoesas.

Atrás deles seguia a cristandade em peso, que se afigurava descendo do mais alto do monte em direção ao tabernáculo. Nessa imensa romagem do mais encantador anacronismo, que variedade de efeitos e de contrastes! Que contentamento! Que alegria! Que paz de alma! Que inocência! Que bondade!

Tudo bailava em chulas populares, em velhas danças mouriscas, em bailados à la moda ou à meia volta, em ingênuas gaivotas, em finos minuetes de anquinhas e de bico de pé afiambrado.

Tudo ria, tudo cantava nesses deliciosos magotes de festivais romeiros de todas as idades, de todas as profissões, de todos os países, de todos os tempos! Os cegos tocando as suas sanfonas; os pretos pulando uma sarabanda; os galegos com a sua gaite-de-fole dançando a munem; a saloia de carapuça de bico e de saiote encarnado, trazendo o cesto com ovos; o saloio com o peru, com o vitelo ou com o bacorinho às costas; o aguadeiro com o seu barril novo; o ceifeiro com a sua foice e o seu feixe de trigo; o lenheiro carregando o cepo sagrado para a fogueira da Missa do Galo; o pequeno saboiano com a sua marmota; o tocador de realejo dando à manivela do seu instrumento; o pastor com um borrego ou um chibo debaixo do braço; o passarinheiro com as suas esparrelas e o seu alçapão com um melro dentro; a *manola* com o seu leque e a sua mantilha sevilhana traçada na cinta; o maioral tocando a guitarra sentado no garrido albardão da sua mula; os *gitanos* entoando a *seguidilha*; numerosos rebanhos, de perus, de patos, de anhos, de porcos e de cabritos; e muitas personagens, de variegados trajos exóticos, tangendo pandeiros, adufes e castanhetas, como nos autos pastoris, nos colóquios e nos vilancicos, antigamente representados diante das lapinhas nas catedrais da Idade Média.

Alguns – os mais ricos presépios – tinham corda interior fazendo piar passarinhos que voavam de um lado para o outro, mexiam as asas e davam bicadas nas fontes de vidros, em que caía uma água também de vidro, fingida com um cilindro que andava à roda por efeito de misterioso maquinismo.

Todas essas figuras do antigo presépio da minha infância tinham uma ingênua alegria primitiva, patriarcal, como devia ser a de David dançando na presença de Saul. Dessas boas caras de páscoas, algumas modeladas por inspirados artistas obscuros, cuja tradição se perdeu, exalava-se um júbilo comunicativo como de uma grande aleluia.

Um outro menino – não o do tabernáculo, que esse estava seguro ao berço com um parafuso –, um menino maior, sobre uma toalha bordada, era trazido em roda e recebia sobre os seus diminutos pés polpudos, saudáveis, rubenescos, a enfiada de beijos de todas as pequenas bocas inocentes, vermelhas, afiladas em bico, gulosas dos refeguinhos daquele pequenino Deus tão louro, tão manso, tão lindo!

Depois celebrava-se a ceia, o mais solene banquete da família minhota. Tinham vindo os filhos, as noras, os genros, os netos. Acrescentava-se a mesa. Punha-se a toalha grande, os talheres de cerimônia, os copos de pé, as velhas garrafas douradas. Acendiam mil luzes nos castiçais de prata. As criadas, de roupinhas novas, iam e vinham ativamente com as rimas de pratos, contando os talheres, partindo o pão, colocando a fruta, desrolhando as garrafas.

Os que tinham chegado de longe nessa mesma noite davam abraços, recebiam beijos, pediam novidades, contavam histórias, acidentes da viagem; os caminhos estavam uns barrocais medonhos; e falavam da saraivada, da neve, do frio da noite, esfregando as mãos de satisfação por se acharem enxutos, agasalhados, confortados, quentes, na expetativa de uma boa ceia, sentados no velho canapé da família.

E o nordeste assobiava pelas fisgas das janelas; ouvia-se ao longe bramir o mar ou zoar a carvalheira, enquanto da cozinha, onde ardia no lar a grande fogueira, chegava num respiro tépido o aroma do vinho quente fervido com mel, com passas de Alicante e com canela.

Finalmente o bacalhau guisado, como a *brandade* da Provença, dava a última fervura, as frituras de abóbora-menina, as rabanadas, as *orelhas-de-abade* tinham saído da frigideira e acabavam de ser empilhadas em pirâmide nas travessas grandes. Uma voz dizia: – Para a mesa! Para a mesa!

Havia o arrastar das cadeiras, o tinir dos copos e dos talheres, o desdobrar dos guardanapos, o fumegar da terrina. Tomava-se o caldo, bebia-se o primeiro copo de vinho, estava-se ombro com ombro, os pés dos de um lado tocavam nos pés do que estavam em frente. Bom aconchego! Belo agasalho!

As fisionomias tomavam uma expressão de contentamento, de plenitude. Que diabo! Exigir mais seria pedir muito. Tudo o que há de mais profundo no coração do homem, o amor, a religião, a pátria, a família, estava tudo aí reunido numa doce paz, não opulenta, mas risonhamente remediada e satisfeita. Não é tudo?

Não é. O primeiro dos convivas que tinha o sentimento dessa imperfeição era a velhinha sentada ao centro da mesa. Ela, que para nós representava apenas a avó, tinha sido também a filha, tinha sido a irmã, tinha sido a esposa, tinha sido a mãe... No seu pobre coração, quantos lutos sobrepostos, quantas saudades acumuladas! Por isso, enquanto os outros riam e conversavam alegremente, a mão dela emagrecida e enrugada tremia de comoção ao tocar no copo, e dos seus olhos cansados despegavam-se silenciosamente duas lágrimas, que ela embebia no guardanapo enquanto a sua boca procurava sorrir e titubear palavras de resignação, de conforto, de felicidade.

Essas lágrimas eram como a evocação do espírito dos ausentes e do espírito dos mortos para aquele banquete. A festa era então interrompida por silêncios graves, pensativos, durante os quais cada um se recolhia em si mesmo e olhava um pouco ao passado e um pouco ao futuro.

Dos que se tinham sentado àquela mesa, em idêntica noite, quantos tinham partido para não voltarem mais! Quantas lacunas dentro dos últimos anos! Dentro de alguns anos mais, quantas outras!

Se havia, como quase sempre sucede, um filho, um neto, um irmão ausente, era em volta da recordação dele que se agrupavam e fixavam esses vagos cuidados dispersos. A mágoa do passado, a incerteza do futuro, acabava por aparecer a cada um sob a figura aventurosa do viajante intrépido ou do trabalhador vigoroso que celebrava aquela noite num país longínquo ou nas águas do mar.

E esse amado ausente era o conviva que cada um sentia mais perto, a essa mesa, junto do seu coração.

Só nós, as crianças, é que gozávamos nesta festa uma alegria imperturbável e perfeita, porque não tínhamos a compreensão amarga da saudade nem as preocupações incertas do futuro. Para nós tudo na vida tinha o caráter imutável e eterno. O destino aparecianos ridentemente fixado, como no musgo as alegres figuras do presépio. Supúnhamos que seriam eternamente lisas as faces da nossa mãe, eternamente negro o bigode do nosso pai, eternamente resignada e compadecida a decrépita figura da nossa avó, toucada nas suas rendas pretas, no fundo da grande poltrona.

Não tínhamos compreendido ainda todo o sentido do Natal. Não nos tinham explicado suficientemente que o louro Menino Jesus que nos sorria no seu bercinho, tão descuidado, tão alegre, no meio do esplendor dos círios e do perfume das violetas, era o mesmo Deus descarnado e lívido, coroado de espinhos, alanceado no coração, pregado na cruz e exposto no altar. Repugnar-nos-ia acreditar, se então no-lo dissessem, que o tenro e suave bambino do presépio, cercado de amores, de cânticos, de festas, de dádivas, de bonitos, cheio de carícias e de beijos, teria um dia de ser um mártir, um herói, um Deus, mas que para isso haveriam de o perseguir como um rebelde, de o torturar como um criminoso, de o justiçar como um bandido, que ele teria de ser esbofeteado, azorragado, traído, que receberia o beijo de Judas, que seria preso entre os seus discípulos no Jardim das Oliveiras, que mandaria embainhar a espada de Pedro para beber o cálice da amargura, que seria levado de Caifás para Pilatos, que seria condenado, que lhe poriam a coroa de espinhos, que o fariam subir o Calvário sob o peso da cruz, que finalmente o crucificariam entre os dois ladrões aos olhos da sua própria mãe.

Não, a vida não é uma festa permanente e imóvel, é uma evolução constante e rude. O Natal é a festa das lágrimas para todos aqueles para quem ele não é a festa da inexperiência. E, todavia, pensavam alguns que era útil não deixar de a celebrar. Que importa que o número ou que o nome dos convivas varie em cada ano? Que importa que alguns amados velhos faltem ao banquete? Que importa que nós mesmos faltemos para o ano que vem na festa dos mais novos?

Esta noite de alegria para as crianças será sempre de alguma saudade para os adultos. Assim teremos a esperança terna de sobreviver, por algum tempo, na lembrança dos que amamos – uma boa vez ao menos, de ano a ano.

Conto de Natal

Virgílio Várzea

Naquele ano, em Santa Catarina, dezembro andara a lembrar julho, com semanas de dias sombrios, de aguaceiros seguidos e de ventos hibernais. Mas a véspera de Natal chegara. O sol, que ainda pela manhã se conservara oculto nos densos nevoeiros da costa, se mostrava plenamente à tarde, envolvendo todo o arraial das Aranhas na luz purpurina e de ouro de um dos seus mais lindos ocasos.

As redes que tinham andado a "cercar" nesse dia alastraram cedo os varais onde as cortiças e "chumbeiros", como estranhas camândulas que as ondas desfiam em murmúrios de bonança ou em rugidos de tormenta, sob o jugo do pescador audaz, escorriam e secavam, para os grandes "lanços" futuros, em frente aos ranchos desertos, fechados agora à fresca aragem do mar. De sorte que pelas ave-marias cada um se acolhera ao seu lar, onde a ninhada dos filhos folgava já alacremente, nas primeiras expansões venturosas da noite entre todas notável.

Àquela hora vinham transpondo a porteira de um triste casebre que se aninhava entre os cômoros, dois rapazinhos maltrapilhos e descalços. Eram os filhos da Sabina viúva – o Manuelzinho e o Cosme – que iam ao engenho do velho Albino Pacheco buscar açúcar e farinha para o gasto da casa. Dos meninos do arraial eram eles sem dúvida os mais pobres, pois haviam orfanado de pai, tendo um quase três anos e outro apenas seis meses. A mãe, coitada, vivia a bater e a fiar algodão e gravatá desde manhã até a noite, enquanto eles, tão pequenos – o mais velhinho teria agora nove anos e o mais moço não completava ainda os sete – repartiam o tempo entre a lavoura e a pesca.

Mas, apesar da sua grande atividade, na penúria geral do lugar, o que ganhavam não lhes dava quase para a subsistência, pelo que, frequentemente, passavam dias e dias só a café, e esse mesmo, muitas vezes, amargo.

Deixada para trás a porteira e passado o atalho, os dois pequenos entraram a caminhar apressadamente pela larga e solitária estrada real que a lua, surgindo da barra escura e rendilhada das colinas de leste, banhava aqui e além docemente com a sua luz fria e láctea. Como tinham o espírito saturado das velhas lendas roceiras de lobisomens e bruxas, de aparições e fantasmas, coisas muitíssimo comuns nas aldeias, e como ambos sentiam já o medo crescer-lhes dentro da alma, à maneira que as desoladas e tristes horas da noite cresciam – para se acompanharem, largaram a cantar numa toada estridente cujo diapasão aumentavam ainda, sempre que enfrentavam os grandes espinheiros, cafezais e laranjais, cheios de sombras, margeando seguidamente a estrada.

Apesar da noite clara, pouca gente cursava os caminhos, e nem mesmo os noctívagos mais famosos do sítio eram encontrados agora nas suas longas marchas costumadas feitas a pé, lentamente, ou em ligeiros cavalos árdegos. As porteiras, nos outros dias rumorosas e cheias de pequenos grupos de gente, alvejavam agora abandonadas, ermas e silentes, sob o clarão do luar. A melancolia e placidez que pesavam dir-se-iam de horas mortas se não fora, de um lado, uma ou outra venda distante onde alguns compradores retardados parolavam ainda, num tumulto de pressa, com o próprio dono da casa; do outro, uns sons vagos de viola e cantigas vibrando jubilosamente, de envolta com as risadas sonoras da meninada em folia, pelos terreiros das casas, que se aninhavam entre árvores frutíferas, assinaladas, aqui e ali, na lombada das encostas ou no cimo dos outeiros, pelas saudosas chamas das lareiras, ou pela alvura fulgurante de uma parede caiada.

E os dois rapazinhos apertavam o passo, despejando caminho a valer e dissipando os temores ingênuos com seus alegres cantares.

Na volta das Capivaras, ao subirem a Ladeira Grande, as planícies de Canavieiras abriram-se diante deles, num imenso empastamento de sombra nebulosa, onde nada se distinguia quase, a não ser o espelhante clarão dos banhados e na infinita faixa de prata polida do rio do Brás, coleando delongadamente para uma negrura mais densa e remota, que se ia perder longe, no horizonte polvilhado, e que devia ser o mar.

Aí um alvoroço colheu-os, dando-lhes uma grande coragem. Era a casa do Rufino Valente que, logo adiante, na estrada das Areias, como nos outros anos passados, refulgia, toda acesa, nos festejos de Natal. E, estacando de súbito, ficaram ambos a olhar por instantes o largo pendor de colina onde a vivenda assentava. Entreviam vagamente, pelas janelas abertas, o alto armário do presépio, resplandecendo alegremente, picado de luzes de ouro como um recanto de céu, em noite límpida, estrelada. Uma multidão de pessoas, velhos, moços e mulheres, abarrotavam a sala. No amplo terreiro murado, uma grossa fogueira de toros abria fulgurantemente, na treva enluarada, a sua gigantesca corola de púrpura, erguendo um inextricável novelo de chamas dançantes que o vento do norte inquietava às rajadas, e cujas línguas alterosas e loucas, jorrando faíscas ao ar, envolviam por vezes a frontaria da casa num grande chuveiro de fogo. Em torno folgavam crianças, desprendendo risadas festivas que ecoavam ao longe.

Atraídos por aquela alegria e curiosos de ver o presepe, que jamais haviam visto, combinaram os dois em dar, quando já de volta do engenho, uma chegadinha até lá. E, já de todo esquecidos de aparições e fantasmas, entraram a descer a ladeira, a passo forte e estugado, enfiando pelo atalho que levava ao Bom Jesus, onde ficava o engenho do velho Albino Pacheco. Na andada veloz em que iam, dentro em pouco o avistaram, ao fundo de vasta pastagem, entre frondes murmurosas de cafeeiros, de laranjeiras e bananeiras altas, cujas folhas tesouradas em franja pelo vento baloiçavam agora, docemente, com reflexos cor de prata...

Apenas encheram de farinha e açúcar os saquinhos que levavam, os dois pequenos meteram-se de novo a caminho, na sua marcha apressada. E parolavam satisfeitos pela estrada das Areias, em direção ao lar do Rufino, a gozar ao menos um pouco os folguedos de Natal. Já alcançavam a porteira quando um cavaleiro que passava, reconhecendo-os, gritou-lhes: – Ó rapazes, vocês ainda estão por aqui! A Sabina já lá anda apensionada...

Era o filho do Zé Basta, que ia para a freguesia assistir à missa do galo.

Os dois rapazinhos, diante daquelas palavras que os chamavam ao dever, lembrando-lhes a pobre mãe já aflita no seu casebre da praia, hesitaram por momentos, parados, e a entreolharem-se com ânsia, junto aos moirões da porteira. Mas a habitação do Rufino, com a sua grande e álacre fogueira de ouro, o presépio cheio de luzes e flores como um recanto paradisíaco, e as risadas deliciosas da criançada feliz, estava lá em cima a tentá-los. Decidiram então que seria só por um instante, voltariam logo. E resolutamente enfiaram para o alto do terreiro, onde os meninos da casa os receberam carinhosamente, dando-lhes roletes de cana, pipocas e broas torradas.

Mas a grande atração dos dois petizes recém-vindos era o belíssimo presépio, que pediam para ver com instância. Seguidos dos filhos de Rufino, romperam então por entre a multidão que inundava a sala e foram postar-se, boquiabertos, diante do grande armário estrelado de velas em chamas, em cujo interior espaçoso delicadas mãos femininas, artísticas e devotas, num esforço imitativo de microscópica criação geológica ou de microscópica criação bíblica, haviam improvisado uma Palestina verdejante e risonha, com pastores e rebanhos, banhada de rios e lagos, cheia de alegria e frescor, bem diferente decerto dessa outra Palestina da Ásia Menor, onde tudo é abandono e tristeza, secura e desolação.

O Manuelzinho e o Cosme, encantados com aquela miniatura da Natureza que lhes parecia um doce canto do Céu, entraram a perguntar aos camaradas o nome de cada um dos objetos que viam esparsos pelos recessos microscópicos desse simulacro de paisagem, que era um verdadeiro mimo. E logo um dos meninos do Rufino, que já sabia tudo aquilo por ter visto inúmeras vezes armar-se e desarmar-se o presepe, lhos foi enumerando um a um. Falou de Jerusalém, que se avistava, em panorama geral, desdobrando-se sobre as tábuas do fundo do armário, em pinceladas ingênuas, de um rude colorido primitivo; das pequeninas estradas coleantes que sulcavam planura e colinas; das cisternas de vidro de espelho, reluzindo à sombra de palmeirinhas; das cabanas que se aninhavam entre oliveiras, entre pequenos cedros e vinhas; dos camelos carregados de mirra, de joias de ouro e de incenso; dos Reis Magos da Caldeia e da Grande Estrela radiante e caudata que corria pelo céu numa esteira de luz viva, guiando-os para o Estábulo bendito, onde o Menino Jesus, ainda há pouco nascido, repousava sobre as palhas, tendo em volta a adorá-lo S. José e a Virgem Santa, os pastores de Belém, a vaca e a jumentinha...

No entanto os dois orfãozinhos namoravam, num doce enlevo infantil, aquelas coisas divinas, que pela primeira vez contemplavam e de que sua mãe lhes falava, às vezes, nas suas rezas humildes. E o que mais os arrebatava era o Menino Jesus, tão nuzinho e pequenino, com os seus olhinhos azuis muito límpidos e a sorrir inefavelmente para eles do seu berço de palhinhas.

Naquele êxtase feliz, esqueciam-se de tudo, das pessoas que os cercavam, ajoelhadas e orando, como da pobre mãe que lá ficara na choça e que justamente àquela hora, desesperada e aflita com a demora deles, no pressentimento alucinante de que lhes houvesse sucedido alguma desgraça, saíra ansiosamente a buscá-los pelos desertos caminhos.

A Sabina deixara o seu casebre já as vendas estavam fechadas, e por isso fazia parar os caminhantes que por acaso encontrava, para lhes perguntar, quase em pranto, se não tinham visto os seus dois pequenos, o Cosme e o Manuelzinho. Depois de percorrer vários atalhos e trilhas, tomou a estrada real e, numa andada ansiosa e precipite, sob o ermo silêncio do Espaço que a lua largamente cobria com o seu imenso velário de cetim branco luminoso – chegou à Ladeira Grande onde, ao avistar de repente a casa de Rufino, toda iluminada e ruidosa, o seu coração torturado de mãe teve uma súbita alegria, pois pensou imediatamente que ali os encontraria. – Sim! eles deviam estar lá! murmurou intimamente, respirando a longos haustos e moderando agora, um pouco, a violência da marcha.

Tencionava ir até ao engenho do velho Albino Pacheco a saber dos pequenos, mas conhecendo o que eram crianças e seguindo os impulsos do seu leal coração de mãe – coração que sempre tudo adivinha! – abandonou aquela primeira ideia e dirigiu-se firmemente para a casa do Rufino. Galgou à pressa o terreiro e, rompendo por entre os rapazes e homens que se aglomeravam à porta, aí esbarrou com o velho lavrador a quem inquiriu ofegante:

— Ô só Rufino, os meus pequenos não estão por aqui? Estes demônios dão-me cabo da vida! Mandei-os às ave--marias ao engenho do velho Pacheco e até agora nada de voltarem! Estou que nem posso de cansada e aflita! Com certeza os demônios descobriram lá do morro o presepe e vieram para cá direitinhos. Não sei onde estou que lhes não dê um ensino... E apenas o Rufino lhe disse que os meninos estavam ali, com efeito, ela entrou impetuosamente na sala, onde as moças e matronas que lhe tinham ouvido as últimas palavras ameaçadoras correram a cercá-la pedindo:

— Ô Sabina, detém-te! Não os castigues... Olha que hoje é um dia sagrado!...

A Sabina dissera aquilo por dizer. O que ela sentia agora vivamente era um profundo júbilo que lhe inundava os olhos de lágrimas, como ainda há pouco o fizera a aflição quando percorria, despenhada, os caminhos. E apenas saudou a todos, correu para onde estavam os filhos, quedando--se em êxtase, com eles, ante o presepe festivo...

Nesse instante, lá fora, sob a abóbada enluarada do céu, os galos madrugadores, com os seus cantos triunfais de clarim, entravam a saudar alacremente a grandiosa alvorada aniversária do nascimento de Cristo.

A sala agitou-se então num alvoroço indizível. E todos, seguindo o capelão que ajoelhara já junto ao presepe rutilante, entoaram sonoramente, com ele, um hino soberbo, de alta devoção e louvor, ao glorioso Deus Menino...

E foi esse, sem dúvida, o dia de maior alegria para a Sabina, depois que ficara viúva, e para os filhos depois que perderam o pai.

Natal dos Pobres

Raul Brandão

Natal... Está um dia fosco de neblina incerta e tristeza. Para lá as árvores despidas não bolem. A vida parou. As nuvens andam a esta hora a rastro pelas encostas pedregosas dos montes. Não se ouve um grito. Tudo na natureza se concentra e sonha. Há entanto um grande rio envolto que nunca cessa de correr...

Longe pelos caminhos, através de pinheirais pensativos e silenciosos, vão velhinhas tristes, de saia pelos ombros, para consoar nessa noite com os filhos. Andam trôpegas léguas e léguas. As suas mãos calosas, as caras enrugadas, onde as lágrimas abriram sulcos, os olhos tristes, contam o que elas têm passado na vida, dias sem pão, suor de aflições, desamparos, maus tratos...

Os cavadores deixaram os arados mortos nos campos, que a chuva alaga. Que tudo repouse. O vinho de hoje conforta, como as lágrimas choradas pelas nossas desgraças, o lume de hoje aquece como o amor das nossas mães.

Nos soutos, sob a chuva que cai mansa e continua, andam pobres que não têm lenha, a arrancar uma raiz esquecida, para se aquecerem. Deus os tenha na sua mão de pai. Partem, chegam, vêm muito longe, para verem os seus meninos, matando saudades. Quase não comem e sustentam filhos, sustentam netos. Os velhos, que tem atrás de si uma vida de martírio e fomes, dizem:

– É hoje o maior dia do ano...

Na lareira arde um canhoto. Cai o nevão. A cozinha é negra, de telha vá, é negro o frio, mas as almas sentem-se agasalhadas. Por um buraco avistam-se as estrelas e uma pedra serve de lar. Ao estalido das pinhas, abafadas na cinza, repartem um pão que é o suor do seu rosto, bebem o vinho aquecido em árvores que as suas mãos cortaram...

Sentados ao lume não falam. As brasas vão-se extinguindo como um poente, ou como uma alma que vai deixar-nos.

A Morte passa. No buraco do telhado a estrela reluz, o nevão cai com um ruído das flores desfolhadas, e cada um pensa nalguma coisa de indeterminado e vago, de longínquo; em certa hora da vida, na mãe, num filho ausente, naquela morta que passou seus dias a sacrificar-se por nós...

– O lume apaga-se...

– Deitai-lhe canhotos.

O lume apaga-se e as sombras da noite, em revoadas, vêm escutar-nos atentas.

Os pobres são como os rios. Estancam a sede da terra, fazem inchar as raízes e crescer as árvores; acarretam; moem o pão nos moinhos. Ei-la a vida da terra. Todas as catedrais se construíram da sua dor; sem eles a vida pararia.

Natal dos pobres! Natal dos pobres!... Por que é que criaturas misérrimas encontram ainda na sua gélida nudez horas para recordar e amar? Pobres repartem o seu pão; espezinhados dão-nos das suas lágrimas. Vinho quente! Vinho quente e amargo, que sabe a aflição!

Chegam-se uns aos outros para se aquecerem. Nas enfermarias, nos sítios onde se sofre, os míseros e os doentes mantêm-se muito tempo a pensar. Os pobres pensam que existem seres ainda mais pobres, lares desamparados, onde nem o lume se acende; imaginam uma velhinha, que, a essa mesma hora, pensa, abandonada, e sozinha, ao pé de brasas extintas, no filho doente, no filho ausente... Há cabanas nuas, lares rotos, almas mais gélidas que o nevão.

As lágrimas que se choram e se não veem são as melhores: caem sobre a alma.

Sofia sobe as escadas com uma caneca de vinho quente, para repartir com o Gebo. Na sua fisionomia há um cansaço enorme.

A chorar, misturando-lhe lágrimas, o velho, mais gordo e todo branco, bebe o azedo vinho quente das prostitutas. Depois abraçados soluçam na trapeira fria.

Fora não se ouve rumor: as coisas ingeridas escutam.

Põem-se a pensar na mãe que descansa na terra encharcada. Tudo tão triste, dias sem pão, e o amor a prendê-los, a uni-los, mais forte que a desgraça. Não protestam, não têm forças para gritar. Baixinho o velho Gebo e a filha choram aquela que a terra primeiro tragou.

– Se o Senhor também nos levasse...

E Sofia bebendo do mesmo copo:

– Tenha paciência, tenha paciência...

– Se o Senhor nos levasse juntos, na mesma hora...

Cuido que não tinha tanto frio.

– Aí tem pão.

– Sabes? Eu tenho medo de morrer. Se morresse contigo, minha filha, não tinha tanto medo.

– A mãe lá nos espera. Na cova acabam-se as precisões e as lágrimas...

– Tudo se acaba na cova. Chegada a nossa hora, acaba-se também a desgraça.

– Aqui tem o vinho.

Natal dos pobres, noite de comunhão, noite de lágrimas e saudades! Não é chuva que cai sem ruído, são lágrimas. O Gebo abre a janela e põe-se a falar para a escuridão com palavras que a noite escuta, com palavras que a noite leva.

Em torno da mesa de pinho ceiam as mulheres.

Com os cotovelos fincados nas tábuas, olham o vinho quente e pensam... Ceia de natal! Ceia de natal!... Até as prostitutas se querem lembrar... Moídas de pancadas, têm más palavras, gritos, e um sorriso humilde. Fazem-se pequeninas para que lhes perdoem uma vida infame.

Falam! Falam!... Parece que a mesma primavera negra fez dar emoção a estas criaturas exploradas e servidas. Lembram-se da sua vida, sempre lágrimas, risos sem piedade... Uma começa:

– Ninguém canta?

E logo outra, como se as palavras lhe saíssem de golfão:

– Eu cá foi por fome que me desfrutaram. Ninguém queria saber de mim e a minha madrasta calcava-me aos pés.

– Eu não sei como foi...

– E eu então – continua – foi por fome.

O pai estava escarangado e a minha madrasta era tão má, que, por eu me demorar num recado, partiu-me um braço.

– Pois eu foi assim de repente... – diz outra.

– Ia pela rua fora. Vinha da fábrica, começou a chover e uma lama!...

Tinha frio e um homem pôs-se a falar-me ao ouvido e a levar-me. Eu nem sei como aquilo foi... E a falar, a falar, até me doía o coração! E nunca mais o vi. Se o vir acho que nem o conheço.

– Enganam e nunca mais querem saber.

– A mim minha mãe bem me pregava mas a gente que há de fazer?

– Ontem os soldados puseram-me o corpo negro – diz uma.

E mostra a triste carne magoada, os seios murchos e com nódoas. No ombro os ossos furam-lhe a pele.

– Quando eu morrer... Oh quando eu morrer!...

– Tola!

– Que tem? Tenho ali a roupa separada.

– A mim, enganaram-me, levaram-me... Eu não sabia nada. Depois comecei a servir. Enganavam-me e punham-me fora... Depois não tinha mais para onde ir...

– Eu cá tive um filho...

Uma que estava calada soluçou no escuro. E como todas se voltassem pôs-se a rir e a ajeitar os cabelos.

– Eu tive um filho e pus-me a criá-lo.

Depois disso o meu amigo nunca mais quis saber.

Quando eu o procurava ria-se. Mostrava-lhe o inocente e ele punha-se a rir.

– Mulheres não faltam, dizia-me. Vai-te! – E a gente fica feia. Vai um dia e disse-me: – Se voltas cá, chamo a polícia.

– Eu chorei até não ter mais lágrimas e acabou-se tudo. São todos o mesmo. Noutro dia vi-o, mas ele fingiu que não me conheceu.

– E o teu filho era bonito?

– Era um anjinho do céu. Tanto chorei que secou-se-me o leite de chorar. A gente sempre e mais tola!...

Pôs-se muito chupadinho e morreu.

– A Maria já deitou um à roda.

– Eu cá se tivesse um filhinho acho que morria por ele. Não tinha coração para o dar a criar.

– A gente não podemos ter filhos.

– Eu cá era uma inocente. Até me dá riso! Tinha treze anos e foi logo ao entrar para a fábrica. O mestre foi quem me desfrutou. Agarrou-me, mas eu não sabia e pus-me a chorar. – Cala-te! Se dizes, vais para a rua!

Abandonou-me, outros vieram... A gente há de cumprir o seu fado.

– Eu cá fui um miminho. O meu pai tinha do seu...

Depois tudo esqueci, porque senão a gente morria. O meu pai era muito meu amigo. Era preciso não ter coração para o enganar. Nem ele podia supor mal de mim, nem do outro que entrava na nossa casa. O meu pai era também muito amigo dele e tinha-lhe valido sempre. Ainda me lembro, quando meu pai comigo no colo me dizia: – Tu és o meu coraçãozinho... – Eu sempre tive um colo!

Olhai: embalava-me como às crianças. – Falta-te a tua mãe, mas eu sou a tua mãe, queres? – Era uma dor do coração enganá-lo e nós enganamo-lo ambos. E eu bem sabia que ele era casado, mas mentia-me...

– Por que será que os homens mentem sempre?

– Mentia-me sempre, e eu era inocente. Mentiu-me e mentia ao meu pai. O pior é que um dia fiquei grávida. Começou o meu castigo. – Vou-lhe dizer tudo.

– Diz – disse ele. Mata-lo. Se queres diz... – Eu calei-me.

– E agora? – Agora... – Eu já lhe não queria, acho mesmo que nunca lhe quis deveras. Foi uma desgraça.

Já estava escrito que fosse desgraçada, acabou-se!...

Depois não podia esconder o meu erro. Só meu pai não reparava... E ele que me imaginava uma inocente!...

Esperai... – E agora? Agora?... – perguntei-lhe. Então arranjei com que o meu pai me deixasse ir com ele e a mulher para uma quinta. Se vós vísseis! A pobre da mulher! Batia-lhe sempre, tratava-a pior que a um cão.

– Cala-te! E ela calava-se, a pobre.

– Fala! – e ela falava.

– O estupor, tu não te calarás! – Ela tinha os cabelos todos brancos e vai eu um dia perguntei-lhe quantos anos tinha. – Trinta – respondeu-me, e calou-se. Fiquei passada. O homem diante dela dava-me beijos para a ver chorar. Dizia-lhe: – Vou dormir com ela, ouves, velha? – E dormia comigo. A senhora não dizia palavra.

Chorava e punha em mim uns olhos tão tristes, que faziam aflição. Um dia que ficamos sozinhas, ela disse-me:

– A menina há de ser uma infeliz. – Eu chorei; e ela com a mão nos meus cabelos, a fazer-me festas! – Coitada! Coitada, que sorte a sua tão negra!... Ainda eu...

– Por que não o deixa? – perguntei-lhe. – Já me tinha deitado ao rio se não fossem os meus filhos.

– Ele sempre há desgraças! Às vezes mais vale ser mulher da vida.

– Esperai pelo resto. Tive as dores uma noite no verão, em agosto, e a pobre da senhora é que me tratou.

Ele levou-me logo o filho. Na outra sala ouvi gritos. Vai e atirei-me pela cama fora, sem saber o que fazia. – Onde está o meu filho? – Fui mesmo de rastos e pus-me à porta a escutar. Eles berravam. – Se falas esgano-te! – dizia o malvado à mulher. – Mata-me! – dizia ela. – Tu queres a minha desgraça? Estorcego-te! – Depois ouvi um grande grito e fiquei como morta.

– O nosso filho? O meu filho? – Nasceu morto. – A mulher a um canto chorou. Chorou sempre depois.

– Tinha-o matado, o malvado?...

– Tinha. Afogou-o na latrina. Depois veio a polícia.

Esperai... A criada ouvira os gritos. Sabe-se sempre tudo, o diabo tapa de um lado e descobre do outro. Ele fugiu para o Brasil, eu fui presa, e o meu pai diante de uma ingratidão tão negra – quereis crer? – estalou-lhe o coração. Depois... Depois... A gente quando nasce já tem a sua sina escrita.

– E a ti?... Não falas? – perguntam a uma sumida no escuro.

– A mim enganaram-me. Foi há tanto tempo que já me não lembra. Tudo perdi.

– E a tua família?

– A gente não tem família.

Na noite, a um canto do Hospital o velho banco de tábuas puídas, dá-lhe também para pensar. A ventania parou. De uma fresta tomba luar. A treva amontoa-se ao fundo, e, para além, nos corredores abobadados, arde um lampião. Direis que o negrume remexe: pedaços de escuridão destacam-se, escoam-se sem ruído pelas muralhas úmidas e espessas. Mais para o fundo há como um abismo, vala comum de treva empastada. Os gritos redobram; depois, por momentos o silêncio sufoca, como o de um sepulcro.

– Se é luar que cai daquela fresta... – diz o banco. – Se fosse luar!

Pela escada vê-se a enfermaria onde os lampiões em fila dão uma claridade triste, que mostra os corpos moldados em branco, caídos nos leitos: parece uma necrópole subterrânea e imensa.

– Se fosse luar... – Há que tempos que não sinto o luar. Era como um ruído branco que me envolvia outrora na floresta. Neva às vezes luar. E havia ainda outras vozes... Sempre se sonha, quando certas noites nascem!

Era diferente... Havia rumor nas folhas e o vento dizia aos ramos histórias acontecidas noutros montes. Há épocas em que o vento traz noivados, ais de sapos, frangalhos arrancados às flores... Se aquela poeira fosse luar... E se o luar se pusesse a correr sobre mim, aquecendo- me como outrora, quando em mim subia não sei o quê de misterioso e forte?

Redobram os gemidos, os estertores, os gritos. Os últimos lampiões apagam-se um a um, como se alguém lhe soprasse. É a Morte seguindo o seu caminho. Sombras esvoaçam. E a cova, negra, toma corpo, vive, mais calada, maior, vala infinita, a que uma luzinha dá alma.

E o banco pensa:

– Há tempos que não sinto em mim a luz da manhã, que traz consigo a vida de tudo o que existe, dos rios, das outras árvores, nem o sol a crescer em vagas de ouro, nem a água verde, melancólica, e tão mansa entre os choupos que parece ir vogando já morta... Sinto-me transido... Transido? Isto é como fogo, mas trespassa-me de frio. E não há nevão, mas ouço sempre gritos, ais, dores... Oh se fosse luar!... Destas enfermarias corre também um sonho parecido com luar... Será uma fonte?... As fontes! Nem te lembres das fontes!... Aqui parece que as minhas fibras mergulham num mar revolvido, que eu ignoro, mas que é feito de gritos.

Baixo a pedra começa também a lembrar-se e àquela hora perdida da noite toda a alma inconsciente do Hospital estremece. Quer recordar, palpita e logo esquece... Os sonhos dos doentes, dos pobres, dos tristes, materializam-se e são como nuvens: são de fogo, são de luar. Sombras aos bandos dissolvem-se, para outra vez se criarem.

– Acho que sempre é luar... E quando havia sol?

Torrentes corriam pelo meu tronco, inundavam a minha roupa cascosa e em volta numa poeira azul andava um turbilhão de bichos. Outras árvores flutuavam na mesma poalha e as suas folhas ou eram de sol ou todas de prata. Longe – e que encanto aquela companhia sempre presente e amiga! – o fio do rio chalrava. Folhas caíam e iam devagarinho viajar sobre a água verde. Para onde?... Debaixo de mim, até ao mais fundo das minhas raízes quantas vidas protegi e defendi!... As minhas raízes tocavam na vida!... Às vezes caia um pé de água, mas depois vinham sempre teias de sol, fios de sol, para me enredar – e o sol traz consigo um cheiro a terra e renovo que consola, o hálito dos montes e dos pinheiros meus amigos.

Nas temporadas fúnebres em que a água cai a golfões, a gente concentra-se e fica meio adormecida. Os montes envolvem-se em nuvens, os bichos na terra tremem de frio sob as raízes e as folhas secas estalam e gemem com saudades ao deixarem-nos. Se por instantes se descerra a névoa, os montes são mendigos, com um grande manto remendado. Ao fim da tarde levanta-se dos campos um lindo luar azulado que sobe e se dispersa. É a névoa. Baba de ouro luz na água e os choupos são sombras. Ao longe havia um biombo verde de pinheiros, depois montes, e depois poentes dourados... Por que é que me ponho a pensar e a sonhar? Há tanto tempo que dormia! As minhas fibras esta noite estremecem. Há de ser do luar... Oh se ainda houvesse luar!

As mulheres calaram-se. Não há ruído. Elas próprias sonham. Em torno da mesa, na cozinha saqueada, bebem sem palavra o vinho quente. Algumas pensam decerto num lar e bebem as lágrimas que caem no vinho e o gelam.

– A esta hora a minha mãezinha há de por força pensar em mim... – começa uma.

– E tu por que não foste consoar com ela?

– Punham-me fora! Queriam-me lá!... O meu pai, meus irmãos... – na minha casa faz-se uma consoada muito grande. Assam-se pinhas no lar, e as minhas irmãs pequeninas... Oh minhas irmãs pequeninas!...

E sufocada desata de repente a chorar. As outras não se riem como de costume. Só uma, sentindo que iam todas chorar, canta:

Se vires a mulher perdida...

– Raparigas, é o fado... De que serve agora chorar? Ninguém foge ao seu fado.

– À noite a minha mãe aquecia vinho e dava-mo na cama. Sempre a gente é criada para uma vida! Quem adivinha?

– Cala-te!

– Eu era o miminho de todos, eu...

– Só eu nunca tive mãe, de mim ninguém se importa! Acabou-se! Cala-te! Cala-te!.

Na escuridão as cinzas que restam num lar fazem tristeza e saudade. Brilham, esmorecem, vão-se apagar: São vidas que se extinguem, a alma da treva que em redor sufoca. Assim o Prédio ao abandono, sob a enxurrada, parecia pensar, como um rescaldo coberto de cinzas. Parara trágico em frente do Hospital, e cansado, tal como um pobre ao fim da vida, contempla o seu destino.

Natal dos pobres! Natal amargo dos que não têm pão e se juntam friorentos em torno de um lume que não aquece; natal dos seres que a desgraça usou... O vinho enregela, o pão é duro, mas resta ainda este lume, que jamais se apaga: – Amanhã! Amanhã!...

Que poesia tão triste não vai caindo como um choro sobre aquelas almas de misérrimos, de gebos, de prostitutas, de desgraçados!

Numa trapeira o gato-pingado quer dizer: – Amo-te! – mas foi sempre tão nu que não sabe exprimir o que sente.

Na alma daquela criatura humilde, despida e escarnecida, que tinha medo de sonhar e até de chorar, fizera-se um clarão. Tal o espanto enternecido de uma pedra a que uma raiz se apega e que a olha deitar flor na primeira primavera. – Fui eu, apesar da minha secura, pensa o calhau, que a trouxe no ventre.

Sem falar, bebem juntos, ele e a pobre, o mesmo vinho. Ele diz:

– Ambos somos desgraçados e sozinhos.

O vinho que havia aquecido dá-lho com um pedaço de pão. Ela olha-o, tendo sempre crescido por acaso e piedade, rota e triste. Havia pois alguém que a amasse?...

– Bebe.

– É tão bom a gente estar junta.

– Não se tem frio.

– Esta noite, sabes?... Lembro-me da minha mãe...

Por que seria que ela me abandonou?

Fora choram. Ela ergue-se e vê no corredor uma rapariguinha que a mãe pôs fora da porta e que chora e pensa.

– E se eu me deitasse a afogar?

Dá-lhe do seu pão, reparte do seu vinho e, mísera, rota, ressequida, diz, pondo-lhe a mão na cabeça:

– Deus te crie para boa sorte.

Na terra só os pobres sabem ser desgraçados.

Meia-noite! Meia-noite!... Para que tudo se crie, para que o pó se transforme em vida, que é necessário? Torrentes de chuva, oceanos de água. Eis a vida... Para que do que é matéria algo de radioso irrompa, que é preciso? Um atlântico de lágrimas.

Da matéria tem nascido à custa de gritos, de fibras torcidas, o imortal espírito. Através das idades ele se criou, através da dor veio surgindo. O mundo espiritual é já hoje mais vasto que o mundo material. A dor é a primavera da vida. Para se entrar na vida ou para se entrar na morte há sempre gritos. A dor ara o céu cheio de estrelas e os seres humildes.

Que se cria de tudo isto? Que é que se alimenta no infinito? Destes pobres espezinhados, revolvidos, nascem as coisas eternas – húmus, amálgama, protoplasma, espírito lácteo, com que se constroem os mundos. Na vala comum os seus corpos, cansados de sofrer, são a vida da terra: as árvores, o pão, as formas, a seiva esplendente. No infinito é da sua dor que se sustenta Deus.

Conto do Natal

Fialho Almeida

Há de passar talvez das onze horas. A noite afinal pôs-se serena, não bole vento, as solidões escutam... – é como se a terra inteira estivesse à espreita de ouvir tocar o sino para a missa. Pela estrada que passa entre Vila de Frades e Vidigueira, vem descendo uma velha arrumada ao seu bordão de pobrezinha. O rastejo dos passos dir-me-ia porventura a idade dela: o luaceiro entanto, nuverinhado em céu de bruma, apenas deixa aperceber a silhueta curvada para a terra, com um pedaço de manta sobre os ombros, o saco às costas, e as canelas sem meias, entrapadas em ligaduras repelentes. Ao pé da ponte a mulher para. Por detrás daqueles choupos, lá em baixo, à beira-rio, havia noutro tempo um forno de tijolo, agora pelo Inverno abandonado. Ela adianta-se, procura... A estrada passa de alto, ladeada de acácias e eucaliptos. E derredor, nos plainos baixos, as escavações do barro espapam-se nas águas da cheia, em lúgubres lameiros, cuja ervançum dá residência a uma colônia rouca de sapos.

A velha estende o bordão para a barreira, procurando vereda num chão firme, em cujo barro os seus pobres sapatos rotos não mergulhem.

Malgrado o embrutecimento da idade, o frio, a fome e o desejo de amosendar para ali, no forno de tijolo, longe das apupadas dos cães e dos rapazes, uma nostalgia poética ergue-lhe a vista, e então recorda-se, e quer circunvagar os seus cansados olhos para o largo. É uma esquelética paisagem de dezembro, nua e cansada, quando já a natureza se alquebra toda em desalentos, e os troncos das árvores parece que estrebucham, como os famintos de Londres, numa bebedeira de ódio, truculenta. No primeiro plano há terras de vinha, olivais muito negros e colinas redondas com moinhos. Para as bandas da Vidigueira risca a neblina um traço negro, que deve ser a torre do relógio – depois, à direita, uma mancha de cal, o cemitério. Lentamente, à medida que o raio de visão se prolonga no horizonte, os outeiros complicam -se, as formas perdem sua delineação traço por traço, e toda a cordilheira dir-se-ia pintada numa sucessão de panos de teatro, a cinza-claro, e gradações mais e mais desvanecidas.

Oh, que sossego! Uma divina essência, abstrata, etérea, vem oscular as urzes e as levadas. Do seio das negridões, de quando em quando, brotam suspeitas de formas vagabundas, a branco-cinza esboços de sonhos, almas erráticas que debandam, noitibós que se acolhem, friorentos na noite, às pedras das ruínas... Vem um acorde triste dos cardos secos da margem dos alqueves, dos pilriteiros sem folhas e dos zambujos frugais das ribanceiras. E as águas do ribeiro troam nas pedras, por entre as canas e os choupos, cujas varas se esfalripam nos ares, tísicas e brancas, com um ou outro corvo por folhagem.

Da outra banda são semicírculos de terras e valados, com freixos altos em silhueta no tom madrepérola da lua, e alternativas de negro e zonas claras, que dir-se-iam feitas num desenho a carvão, com lápis prateado.

Todas aquelas brancuras vêm do extremo horizonte aos olhos da mendiga, por suspeitas, desagregadas das formas, abstraídas do resto da paisagem, e todas poderiam interpretar -se como efeitos de neve, de luar, de água dormente, tanto a neblina enche de fantasmagorias a noite e presta uma alma incoerente àquela cenografia de balada.

Há porém no sopé daqueles montes um ponto que a velha ansiosamente procura. É o pequenino convento de capuchos que alveja da banda de Vila de Frades, derrocado, entre oliveiras. Lá corre o muro da cerca, até se perder num grupo de ciprestes. Naquela cerca, já depois de profanado o conventinho, era antigamente o cemitério: um cemiteriozinho de aldeia, com malmequeres e figueiras bravas, crânios à solta, e nenhuma cruz ou mausoléu comemorando a jazida de qualquer. Ali repousam os parentes e amigos da pedinte, pais e irmãos, filhos e netos: só ela, errante de povo em povo, sem um afeto que a proteja, sem uma boca amiga que a console, vai pelo mundo a mendigar de porta em porta!

Vinte e dois anos passaram depois que ela abalou da sua terra, e quatro ou cinco vezes lhe sucedeu passar ali como estrangeira, com os olhos no chão, corrida de vergonha, vendo a igreja aberta e tendo medo de entrar, passando ao resvés das casas ricas, e arreceando-se de pedir esmola à criadagem; e depois, ao toque das Trindades, noite fechada, detendo-se a escutar de longe os conhecidos rumores do lugarejo. Oh, essa chafranafra da volta do trabalho, com guizadas de mulas tintinando, estrupidas de carros desferrados, e as boas-noites trocadas, os cavadores cantando em coro pelos caminhos, a crepitação da lenha nas lareiras – e depois, no bocal das fontes, o mulherio que pousa os cântaros e entre risotas comenta as picarescas histórias da semana!

É quando numa melancolia doce o dia morre, e grandes nuvens esmagam no poente as vermelhidões crepusculares. É quando uma exalação envolve as cúpulas das árvores e, das terras molhadas, claridades efémeras fosforejam, e uma voz corre e suspira à flor das ervas.

Pois acabou-se, acabou-se! E a triste da mulher desce a barreira, agredida por tudo, as recordações, a noite, o frio, a fome... Não, não repousará entre os demais, no pobre cemitério da sua aldeia, em que avoejam corujas e francelhos: a casa onde nasceu foi demolida: arrancaram a vinha que o marido plantara, há cinquenta anos, com solicitudes de bom cultivador: e ninguém na vila já se recorda da Josefa, da viúva do Pratas, mãe duma filha bonita que anda agora nas feiras, de cigarro, e passa o Inverno em braços de soldados, numa viela infame de Estremoz. Ao acercar-se do forno, uma claridade viva a surpreende. O alpendre ficava do outro lado, numa descaída brusca do montículo, e ali está gente, há falas de homem... – ai pobre velha! aonde há de ela ir passar a noite àquela hora?

Por um momento ainda ela faz um passo para costear o forno, e ir pedir agasalho à fogueira de quem quer se acoite no telheiro. Mas logo em seguida reflete. Que qualidade de gente será? Recebê-la-ão com caridade? Um vago terror se apossa dos seus membros: pé ante pé busca afastar-se... Mas como tem as pernas e os braços regelados! Um torpor lhe paralisa os movimentos, anestesia-lhe os dedos, e pesa-lhe nas pálpebras com sonolências de chumbo. Nos campos paira um sossego terrível e perverso, em cuja abóbada se respondem os latidos dos cães, pelas malhadas. A geada branqueia o alqueve das courelas, queima os favais. E a claridade no alpendre é cada vez mais confortante, milhares de faúlhas sobem pelos ares, na fumarada da lenha úmida de oliveira, que estala e arde em flamazinhas rápidas e alegres. Ela então cede, resolvida a entrar na zona iluminada, e a pedir agasalho aos forasteiros que a anteciparam.

Chegara quase à boca do telheiro, oculta ainda por trás dum grupo de árvores, perto do rio – quando de repente estruge um grito largo, começado em surdina, e sacudido depois em frenéticas uivadas, com uma expressão de sofrer dilacerante.

Ao primeiro berro, um homem que estava acocorado por diante da fogueira, salta de golpe, e fica um instante secado, à escuta da noite, bebendo os rumores do largo, enquanto desenrola a cinta da cintura. Aquele berro, a velha conhece-o, é horrível e terno, angustioso e delicado, e toda a mulher que o solte principia esposa e acaba mãe.

Havia pois no alpendre uma parturiente a reclamar os seus cuidados. O desejo da velha era correr, mas do seu canto de sombra a pobre hesita, vendo o homem girar pelo telheiro a passos furiosos, ir, voltar, acachapar-se instantes sobre o vulto que bole lá no fundo do alpendre, em estremeções aflitos: e enfim, jurar, bramar, ordenar-lhe silêncio, prometer-lhe pancada, exasperado cada vez mais, por aquela algazarra que pode deitar tudo a perder.

Há um momento em que eles cuidam ouvir um murmúrio de rodas, afastado, talvez uma sege que passa, levando alguém à missa de Natal. Aqui a raiva do homem não conhece limites, e ei-lo corre à mulher de punho armado, prestes a dar -lhe, caso prossiga o berreiro escandaloso. Vem, com efeito, na estrada uma berlinda, com guizadas nas mulas, e vermelhidões de lanternas entre as árvores. E o homem precipita-se, enclavinha os polegares assassinos sobre a garganta da mulher.

– Calas-te ou morres!

E a sua voz surda, pequena, sacudida, humilde quase, vem explosindo e crescendo, até bravejar num rouquejo de cólera exaustinada – Cala-te, diabo, Cala-te, estafermo!

A mãe, coitada, mal pode estrangular os urros que a expulsão lhe arranca, em dores medonhas, como se trinta mãos brutais lhe estivessem arrancando as vísceras, ligamento a ligamento. Já a berlinda passa, ao trote rápido das suas quatro mulas espanholas... um ou outro corvo solta nas faias o seu grasnido estremunhado, e outra vez a paisagem fica muda, entre as brumas e as sombras, o fragor da ribeira, e a uivadados cães pelos currais. É esse o instante de a mendiga fazer um passo, abandonando o círculo da sombra, prestes a dar-se, toda cheia de celestes compaixões por essa mísera mulher que a desgraça forçou a vir parar numa ruína, sem ao menos ter a aquentá-la, como a Virgem, o hálito da vaca e da jumenta, e as solicitudes ideais do carpinteiro.

Mas tudo aquilo é rápido e fugace. Os gritos da mulher tinham cessado: lento e sinistro, o homem voltara a acocorar-se perto da fogueira, com uma expressão de campônio perverso, meia animal, meia humana, onde o brilho dos olhos punha uma sagacidade extraordinária. Ele despira a jaqueta, tem as mangas da camisola arregaçadas, as mãos sujas de sangue...

– É rapariga ou rapaz? – disse a mulher.

Ele estivera algum tempo a ligar-lhe coa cinta o ventre dolorido: não retrucou. Dera na torre da Vidigueira a meia-noite, e em Vila de Frades logo começou a tocar para a Missa do Galo. O cerraceiro morrera pelos campos, e as cumeadas do céu, azuis e vastas, refulgiam de estrelas e luar. Coisas opacas brotavam dos terrenos, formas dormentes, que pareciam vaguear nas ouvielas moles dos farrejais.

Perto, nos choupos, havia gestos de angústia e imploração; saíam vozes da água, preguiçosas e místicas como trenos, e certas troncagens tinham expressões humanas na noite, que perturbavam de morte o arregaçado.

Outra vez então aquele homem se ergueu com modos lentos, veio escutar. Os sapos tinham-se afinal calado nos algares, pairavam no sossego as asas áfonas dos mochos dando espirais de roda ao forno de tijolo. E mau grado o frio, aquela noite de Natal vinha suave, com poucas cores mas delicadas, e cambiantes de céu, que o vento, uma após outra, transmutava.

– Dá-me a criança... – disse a mulher. – Quero-lhe dar mama, não me morra de frio, a pobrezinha!

Ele tinha nas mãos o pequeno ensanguentado, que vagia de frio, conjugando os beicitos numa sucção de instinto, que devera ter feito sorrir de enternecido um outro pai. E saiu do telheiro, o pequeno pendente da manápula, o cenho torvo, o ar facinoroso.

A velha, vendo-o, estendera-lhe os braços do seu canto: e ele vagueou assim por aqui, por além, entre os troncos das faias e os silvados, atascado na lama, mas sem poder estar quieto em parte alguma, e como se pela marcha desse vazante ao frenesi mental que o devorava.

Havia à beira da água um pedregulho. Ele deteve-se. Instantaneamente a sua cara envelhecera, leques de rugas radiavam-lhe dos cantos das pálpebras, sobre a pele da testa e da faceira, e a lívida boca, agora seca, súplice quase, tinha sombras de angústia às comissuras, e convulsivos tremores nos beiços desbotados.

Mais uma vez lançou a vista ao derredor, numa suspeita atroz de o estarem vendo, e ergueu o braço, com o pequeno seguro pelos pés, como um coelho... Porém a luz do luar incomodava-o.

Tornara para trás, desalentado, furibundo consigo, e resmungando alto imprecações. Mas veio-lhe de repente uma veneta, e bruscamente, com um resfolegar de bezerro, escavacou o pequeno contra a rocha. A pancada dera na pedra um som de melancia podre, esborrachada, em surdina, baça e turgente. Foi um momento, aquilo, e todas as coisas voltaram ao êxtase hibernal de instantes antes.

O homem ainda esteve curvado um pouco de tempo, sobre os atasqueiros glácidos do rio – uma solenidade pairava ao fundo do espaço – até que afinal saiu das ervas, com o cadáver suspenso pelos pés, todo sangrento, um cadaverzinho de infante recém-nado, roliço e roxo, cuja boquinha fria de inocência, e cuja alma devera estar-se incorporando àquela hora no cortejo de eleitos, que todos os anos vem, com o menino Deus, refazer na crença dos simples a suavíssima lenda de Natal.

Os Autores

Mário Raul de Morais Andrade (São Paulo, 9 de outubro de 1893 – São Paulo, 25 de fevereiro de 1945) foi um poeta, romancista, musicólogo, historiador de arte, crítico e fotógrafo brasileiro. Um dos fundadores do modernismo no país, teve grande influência na literatura brasileira moderna.

Joaquim Maria Machado de Assis (Rio de Janeiro, 21 de junho de 1839 – Rio de Janeiro, 29 de setembro de 1908) foi um escritor brasileiro, considerado por muitos críticos, estudiosos, escritores e leitores o maior nome da literatura brasileira. Escreveu em praticamente todos os gêneros literários, sendo poeta, romancista, cronista, dramaturgo, contista, folhetinista, jornalista e crítico literário.

José Maria de Eça de Queiroz (Póvoa de Varzim, 25 de novembro de 1845 – Neuilly-sur-Seine, 16 de agosto de 1900), também escrito Eça de Queirós, foi um escritor e diplomata português. É considerado um dos mais importantes escritores portugueses de sempre. Foi autor de romances de reconhecida importância, de Os Maias e O Crime do Padre Amaro. Os Maias é considerado por muitos o melhor romance realista português do século XIX.

José Duarte Ramalho Ortigão (Porto, Santo Ildefonso, Casa de Germalde, 24 de Outubro de 1836 – Lisboa, Mercês, 27 de Setembro de 1915) foi um escritor português. Foi professor e amigo de Eça de Queirós, com quem escreveu em parceria O Mistério da Estrada de Sintra.

Virgílio dos Reis Várzea (Florianópolis, 6 de janeiro de 1863 – Rio de Janeiro, 29 de dezembro de 1941) foi um escritor, jornalista e político brasileiro. Viveu em Santa Catarina, onde trabalhou em serviços burocráticos, estudando jornalismo e literatura. Liderou a "Guerrilha Literária Catarinense" contra o conservadorismo romântico, visando a renovação estética do Realismo-Naturalismo. Amigo do poeta Cruz e Sousa, foi seu parceiro no livro Tropos e Fantasias. Participou da comissão de tradução da Tradução Brasileira das Sagradas Escrituras.

Raul Germano Brandão (Porto, Foz do Douro, 12 de março de 1867 – Lisboa, Lapa, 5 de dezembro de 1930), militar, jornalista e escritor português, famoso pelo realismo das suas descrições e pelo lirismo da linguagem. Deixou uma extensa obra literária e jornalística que muito influenciou a literatura em língua portuguesa com o seu lirismo e profundidade filosófica, marcando o seu comprometimento ético e social, numa linguagem forte de contrastes, contradições e rupturas que prefiguram a modernidade do século XX.

José Valentim Fialho de Almeida, (Vidigueira, Vila de Frades, 7 de Maio de 1857 – Cuba, 4 de Março de 1911), foi um jornalista, escritor e tradutor pós-romântico português. Entre as suas obras mais notáveis, encontram-se os cadernos periódicos Os Gatos, redigidos entre 1889 e 1894, que seguiram a mesma linha crítica da obra As Farpas, de Ramalho Ortigão.

www.ingramcontent.com/pod-product-compliance
Ingram Content Group UK Ltd.
Pitfield, Milton Keynes, MK11 3LW, UK
UKHW021651190726
13853UKWH00001B/195